KB120544

나는 발굴되고 있다

시작시인선 0381 나는 발굴되고 있다

1판 1쇄 펴낸날 2021년 6월 21일
지은이 방윤후
펴낸이 이재무
책임편집 박은정
편집디자인 민성돈, 장덕진
펴낸곳 (주)천년의시작
등록번호 제301-2012-033호
등록일자 2006년 1월 10일
주소 (03132) 서울시 종로구 삼일대로32길 36 운현신화타워 502호
전화 02-723-8668
팩스 02-723-8630
홈페이지 www.poempoem.com
이메일 poemsijak@hanmail.net

ⓒ방윤후, 2021, printed in Seoul, Korea

ISBN 978-89-6021-564-1 04810
      978-89-6021-069-1 04810(세트)

값 10,000원

나는 발굴되고 있다

방윤후

천년의
시 작

시인의 말

매화는 남쪽에서부터 울려 나온다
꽃망울은 그 초연의 연주가 아닐까
재기 발랄한 연분홍의 스케일
자유 향한 내면의 갈망,
자연과 우주에 이르는 파동이
꽃의 첫 음이어서
매화를 들으면
연주를 들으면
나는 자꾸만 피고 싶어진다

2021년 여름

차 례

시인의 말

제3부

제1부

처서 간이역

화물열차가 매미 떼창으로 지나간다
흔들리는 나무들,
한밤의 득음에 귀를 씻는다

달은 우화했다
구름 사이에서 허물을 벗고 차올랐다

레일에도 짝이 있어 떠날 수 있듯
절박한 기차는 끝없이 질주했으리라

바람결을 부비는 차창이 환하다

한 쌍의 전신주가 양옆으로 소실점을 베풀고 있다
한 량의 시를 쓰고 한 량의 그림을 그리는 간이역
거기에 그리움을 짙게 드리우는 일
부단한 서정이다

100데시벨의 고독도
다섯 번째 허물을 벗기까지 얼마나 쓸쓸했을까

맴- 맴- 맴---매애애애앰
화물열차가 지나가고 있다

김용균법

폭설 속을 헤쳐 가면 비정규 같은 날을 지날 수 있을까
눈보라에 고개를 들 수 없어도 한 발 한 발
컨베이어벨트 길을 가야 한다 스무 살,
어깨에 쌓인 탄가루 털어 내면서

플래시 시야에서 석탄가루 같은 눈이 내린다

그들은 그저 일시적인 먼지라고
뒤에서 소리쳤지만
시커먼 방진 마스크 틈으로 흰 입김이
가쁘게 뿜어져 나왔다

수십 군데 이력서 중 단 한 곳인 작업장은
기계음이 요란했다 대화도 필요 없고
오직 묵묵히 지갑 속 사진, 얼굴만
말을 걸어올 뿐

흩날리는 눈발은 청년을 가두고 걷는 길마다
가라고 그냥 가라고
수신호를 보낸다

\>

모서리 끝에도 돌아설 길은 있을 거라고
펜글씨처럼 또박또박 적어 가는
발자국이
밤늦도록 작업 일지에 쓰여 있다

석탄을 더 빨리, 더 많이 밀어 넣어야 해
길을 꿰뚫고 지나가는 전깃줄이
징징거린다

기어이 폭설은 낚아채어
몸을 산산이 조각낸다, 뿌옇게 흐려지는 형체
그 파편들이
다만 그가 걸어갔던 길이었다고 일렁인다

동강 난 겨울
온기를 달랠 틈도 없이 해체되는 흔적
와르르 무너져 내렸다

그날 날씨는 고통의 외주일 뿐

>
분별할 수 없는 어둠 속에서
봄을 끌고 나비를 태우고
사뿐히 이 꽃 저 꽃 내려놓으며
석탄 더미 저편에서

그가 살아 걸어오고 있다

공감

새벽이 촘촘히 엮인 길을 걸으면
갓길 거미줄에서
이슬이 흔들린다
걷다 보면 어둠도 빛에게
자리를 건네는 거지
밤과 낮이 섞인 잿빛이
그렇게 맞물리는 사이

텃밭 그물에 걸린 새끼 고라니가 버둥대고 있다
두 앞발이 낀 채로 밤을 지샜을까
흙탕물 뒤집어쓴 까만 눈동자를
데굴데굴 굴린다

배낭에서 꺼낸 커터 칼로 그물 한 올씩 잘라 주었다
흔드는 머리에서 꼬리까지 이어져 튀는
안도감일까, 고라니는 우뚝 서서
움직이지 않는다

내 눈빛과 고라니 눈빛이 마주친 그때
시간은 얼마나 흘렀을까

\>

배냇저고리 속을 들여다보던 눈빛
수줍게 머리카락 쓸어 넘기며 건넸던 첫 감정
끝내 손을 놓지 않고 마지막까지 몰아쉬던 숨

너를 처음 만났지만 기분이 좋아
잘 살아야 해, 가만히 읊조리는데
알아듣는 듯 따뜻한 느낌이
여운으로 밝아 온다

공감은 함께 느끼며 깊게 반응하는 거지
서로 손을 내밀며 마음을 얹는 일이야
지붕 위 새하얗게 흩날리는
고향 굴뚝 연기 그리워지는 날이다

고라니는 마지막이라는 듯
저편으로 고개를 젓더니 이내 숲으로 사라졌다
아침 해가 밭고랑에 안개를 대고
걸어갈 길이 분주하게 모퉁이를 돌아 나간다

걷고 또 걷고 설레기만 한데

누구를 만나든
그 눈빛이 기대되는
오늘

스펙spec이란 말

비바람 천둥 번개 휘갈기는 공중은 한 장의 이력서인가
봄이 되면서 가지마다 또박또박 적는 필체들,
공평한 햇빛을 받으며 자신만의 꽃과 열매 틔우는 것은
나무의 스펙이라는 생각

동백은 붉은 디자인으로 나열된 동박새의 설명서
향기의 기능은 상세히 빛으로 객관화시켰다
추운 날씨에 홀로 피도록 사양仕樣이 정해져 있다

매화에는 매실이라는 이력이 첨가된 것,
꽃을 강조할지 열매를 강조할지에 따라
봄의 목록에서는 등록을 달리한다
북쪽에서는 아직 통용될 리 없고
남녘 산기슭과 무관하지 않은 신조어다

더 좋은 열매를 위해 가을로 올인하는 산수유는
단맛과 신맛의 점수를 수치화한다
어떤 기준이어야 하나 끊임없이 피어 내는
저 노오란 혈기, 강하고 약한 햇볕을 쌓고 있다

\>

꽃비는 가격표가 붙는 순간이라고
유독 얇은 벚꽃 잎은 경쟁적으로 2차 3차 흩날린다
통과해야 할 덧없는 의식,
가로수 트랙을 벗어나
하나하나 흩날리듯 떨어지는 소수도 있다

단아한 복사꽃은 잎보다 꽃을 먼저 실현하려는
달뜬 목표, 어제보다 나은 연분홍이
달밤의 자본에 설렘을 조달한다
흐드러지게 질주하는
개화의 비판이다

늦은 밤,
가로등 불빛 아래 기대 있는 목련 나무,
지친 꽃봉오리를 길게 길게 느릿느릿 드리우며
마지막 호흡이라는 듯 축 처져 있다
뿌리가 밀어 올리는 꽃 물은 눈물인가
낙오된 껍질인가

모든 꽃나무는 집으로 가는 중이다

카시니의 최후

객지를 떠돌다 왔다는 사내,
동구 밖에서 걸어온다

토성을 탐사하는 무인우주선 카시니호를
다큐멘터리에서 본 적 있다
십여 년 동안 위성들과 수없이 돌다가
마지막 안테나를 지구 방향으로 돌려놓았다
그리고 두 점의 사진을 전송한다

사내가 발걸음을 뗄 때마다 몸을 슬쩍슬쩍 당겨 내는 한
쪽 다리,
어쩌면 그는 길의 마지막을 걷고 있는지도
그동안 수없이 보냈던 편지가 아직도 기다리고 있을
집에는 늙은 우편함이 열려 있을 것이다

임무를 완수했으니 토성의 일부로 남겠다는 듯,
빛나는 고리를 지나 제트기류에 내맡기는 동체가
가늘게 떨렸다

살면서 지나야 했던 에움길이

장렬히 저 끝 집에 이끌려 가는 중이다
사내는 구겨진 편지를 쥐고 서두른다, 해진 외투를 펄
럭이면서
몇 개의 발자국이 먼지 속으로 흩어져 간다

긴 꼬리로 부서져 가는 그 45초
탐사선 카시니는 토성의 대기 속으로 사라져 갔다

사내의 가쁜 숨이 대문 앞에서
서서히 산화되어 있다

눈물이 났다

정규직 봄

비가 그치자 집 앞, 나무에 매화가 착불로 왔다
창문 가득 수묵화 같은 전시
나는 기다렸고 봄은 시간과 노력을 다했다

공터에 택배 트럭 문이 열려 있다
바로 아니면 풀 수 없는 짐들
또 어떤 꽃과 나무로 배달 중인 것일까
안에 쌓인 꾸러미들이 나를 세어 보는 동안

상시 계약 집배원 이 씨
일곱 시면 집을 나서는데, 갸우뚱한 어머니
아홉 시가 되어도 일어날 줄 모르네
너무 피곤해서 그럴 거야 좀 더 자게 놔둬야지
헌혈을 마다 않는 봄은 전국을 종주하고
꽃들을 출근시키고 있는데
웬일인지

오월은 시간을 놓치고 만다

매화나무에는 햇볕과 그늘

며칠 후면 치를 정규직 응시 원서 같은 매실이 가지런할까

봄은 어려운 구역도 연장 노동도 기회라고
늦은 밤 꽃들을 분류하며 향기를 밝힌다

행복과 기쁨을 배달하는 집배원이 되는 것이 꿈이다

봄과 여름으로의 전환은 담보일 수 없는데
저 매화나무 도전은 정규正規의 채근이다

망울 속 구겨 넣은 꽃잎의 정리가 힘들다고
포기할 수 없는 그 일이 희망이라고
쌓이는 업무량에 눌려서일까 이번 봄은,
유서처럼
행복과 기쁨을 배달하는 계절이 되는 것이 꿈이다

맨홀 속 김 씨

비 오는 날
길목에 고인 웅이 곁을 지나면 쇳소리가 난다

날 선 그루터기 속을
허리 굽혀 드나드는 안전모들

지하로 수혈된 피는 잘 돌고 있는지
응어리진 살점을 지렛대로 뜯어내고
음삼한 지구와 내통하고 있다

김 씨는 내시경 카메라를 따라 내려간 뒤
다시 나오지 못했다

몸이 낀 틈에서 옴나위하다가
어디 먼 탐험이라도 나선 것일까
다큐멘터리 세트장 같은 탱크 안

어쩌면 김 씨는 꿈에 빗빠져
허물어진 뒷동산 지나
수몰된 고향 집을 찾는지도 모른다

>
부모 묘 있던 자리에서 우두커니 서서
담장을 기웃거려 보았을까 무너진 철골 속
탐조등이 맥없이 흔들린다

깨진 장항아리 같은 사이렌 소리
김 씨는 오도 가도 못 하고 머뭇거렸을 것이다
발목 삔 생사가 빗물 속에 잠기고 있다

수몰된 의식을 더듬는 나무뿌리들이
지상의 실체를 위해 뜨거운 피를 밀어 올리듯

김 씨는 마지막 외마디 물꼬를 터 주고 있다

감정 낭비

저녁을 걷고 있는데 갓길 제라늄이 하느작거린다
이루지 못한 것 아쉬워한 적 있다
꽃은 항상 누군가로부터 인정받고 싶어 하지
여기저기 핀 꽃줄기에 매단 자괴,
나는 이 소비된 느낌을 어찌 보상 받아야 하나

향기도 연습할수록 눈빛에 튼튼해지고
감정은 많이 쓸수록 더 깊고 단단해지는데
힘의 균형, 언제 어떻게 주고 뺄지를
제라늄은 알고 있는지

한 계절을 산다는 것
갈까 말까 망설일 때면 가는 것이
할까 말까 머뭇거릴 때면 하는 것이
여한이 없을 것 같아

간혹 부는 바람에도
쫓기듯 부르르 떨면서 끝내 잎을 내주는 순간들
뿌리의 에너지는 소진되고
심신이 지치면 임계를 넘긴 낭비

\>
투자 대비 효율이 없는 생生을 사는 것 같아
측백나무 그늘이 흔들린다
안간힘으로 뻗어 오르는
더 사랑해야 할 모든 것은
저 꽃봉오리

유쾌한 것도 슬픈 것도 지나가 버리는 한때
잎들은 조용히 흔들리는데
오늘, 내일, 다시는 오지 않을 위대한 지금을
제라늄은 살아 내고 있는 것이다

다시 바람이 불면
지치고 힘들어 미간이 찌푸려질지라도
자신의 얼굴에 책임지라는 말이 있듯
다 내려놓으려는 이곳에서
나는, 다시 쪼그린 무릎에 두 손 얹고
일어서야 하는 것이다

증언하는 장미

장미 넝쿨이 담장에 기대 잎을 떨구고 있다
가시에 돋친 저 붉음은 양면성이다
지는 것과 피는 것 사이에
어떤 사건이 머물다 가는 것처럼

오후는 한 조각이라도 놓치지 않겠다고
검안하듯 냄새와 외력의 손상과 긁힌 자국을
샅샅이 훑는다

장미는 스스로 졌는가
바람의 소견은 그늘에 전달된다
이제 멀고도 험한 비밀이 들춰질 것이다

메스를 들고 빛줄기가 다가온다
차디찬 잎들의 운명殞命을 향해
이 순간은 한 겹씩 진실을 말할 마지막 기회
기다려, 타들어 가는 태양의 알리바이를
들려줘야 해

못다 한 오월과 귀 기울여 전하는 철조망 너머
정적은 의심의 눈빛으로 뻘긋뻘긋한 흔적을 부검 중이다

>

바닥에서 한데 얽혀 전하는 신호를
답을 찾듯 퍼즐을 맞추듯
잎맥의 두개골을 캐내고 흉부를 연다

이 눈부신 날 어떻게 살아야 하느냐
한마디 말 같은 봉오리,
길 안에서 맴돌지도 들어 보지도 못한 채
황망의 대열에서 줄을 잃었다

왜 져 버렸냐고 묻는 저물녘이 되어서야
목에 맨 넥타이처럼 오로지 스스로가 아니었다고
장미의 옭매듭은 엉성했고 떨어진 부위가 달랐다

새빨갛게 치들린 대화는 퍽 진지했다
산 자가 질문하지 않으면 죽은 자는 말하지 않는다
공중의 꽃과 바다에서 으스러진 꽃

마지막 향기를 털어놓을 수 있었어

장미의 진실은 남겨진 계절의 시작이었으므로
골목이 처음으로 말해 줬다, 따뜻했다

동백 좁교

저녁거리가 가득 담긴 장바구니 들고
언덕을 오르는데 숨이 찼다
누가 이 짐을 대신해 준다면 얼마나 좋을까
대문 앞까지 터덕터덕 걸어와 보니
마당 한구석 동백나무에 꽃이 그렁그렁 맺혀 있다

야크와 물소 중 어느 쪽을 더 닮았을까
서글픈 눈망울 앞세운 좁교가
히말라야 돌산 비탈길 오르는 것을 본 적 있지
무거운 등짐 지고 씩씩거리는 게 안타까워
자꾸 뒤돌아보게 되는 들숨 날숨,
목에 맨 방울 소리가 산을 거칠게 흔들었지.

겨울이 깊으면 나무가 수액을 안으로 숨기듯
봄은 혹독하게 견딘 꽃망울에만 색을 집중한다

저지대 정글에서 살던 어미 물소와
고산에서만 사는 아비 야크가 만나
허락한 긴 털과 뿔의 이종異種,
좁교는 그렇게 태어났다 물소와 야크를 합한

고지대 저지대 모두 합당한 짐꾼으로
천 길 험한 계곡과 능선, 강가 자갈밭 따라
평생 걷고 또 걸어야 한다

장바구니에서 꺼낸 물건을 정리하다가 내다본 창밖,
어쩌면 겨울바람과 햇볕을 실은 봄바람
서로 부비고 끌어안은 그 며칠이
이종교배 같은 동백꽃을 낳았을까

담장의 비탈을 따라 동백나무 가지 하나가
빨간 꽃송이를 줄지어 얹고
4月의 봄을 향해 가고 있었다

결초보은結草報恩

신호등 빨간불 맞춰 차들이 횡단보도 흰 선 뒤에 멈춰 있다
結초보恩,
이 은혜는 꼭 나중에 다른 초보 분께 갚도록 하겠습니다
자동차 뒤창에 붙어 있는 글귀가 선명하다

모든 초보에게 은혜가 있다니
입가 미소에 농도가 짙어진다

어쩌면 가로수는 구름에게 빚지고
구름은 태양에게 빚졌던 걸까
횡단보도 안전하게 건넌다는 것은
누군가에게 은혜를 갚는 일일 수도 있겠다,
생각해 보는 사이

아버지는 생전에 내게 묻곤 했다
키워 주고 가르쳐 주니 나한테 빚진 것 언제 갚을래?
커서 다 갚을 게요, 양손을 크게 벌린
어린 딸을 흐뭇하게 내다보듯,
이제 막 출발할 저 차에게도
순순한 길이 이어질까

>

도시에 빌딩들은 길을 헤아려
조금씩 비껴서고
고층에 가린 그늘에도 햇살이
머물다 갈 사랑이 있을 것이다

초보로서 책임을 다하면 진 빚은 이월된다
첫 차를 갖고 싶어 하는 모든 사람들에게
은혜를 가불하는 것이므로

신호가 파란색으로 바뀌자
풀을 묶은 올가미 같은 햇무리에서
엔진 소리가 난다, 잘 가라
結초보恩

서치search

가족사진이 벽면을 가득 메웠다
아빠 등에 탄 딸이 킬킬, 어느새 뛰어다니고
주방에서 엄마는 음식을, 식탁엔 꽃병 하나
만발한 웃음꽃 소리를 끌어모은다

맞은편 벽에서 색을 갈아입는다 점점 습해지고
울기 시작한다, 암으로 엄마가 아프다
슬픔을 숨기는 딸, 가슴에 묻은 채 애써 잊으려는 아빠

어느 날, 이들에게 연락이 닿지 않는다

SNS, 동영상, 검색창, CCTV, 뉴스가
메시지, 흔적, 주변의 연락처를 끊임없이 출력한다
온라인에는 익명의 수많은 딸이 창을 띄운다
보이지 않는 라인과 라인이
일직선상에 알리바이를 세운다

우주인은 우주를 탐색하며 어느 행성을,
아빠는 딸을, 딸은 엄마를 서치한다
버석버석 메마른 모니터에서

정전기가 인다, 달이 지구를 모니터하듯

파일을 들춰 보는 순간이
유일한 빛의 통로라지만
우리는 노력할수록 아무것도
모르고 있다는 사실,
떠나고 없는 기억 저편에서
기록이 우리를 얼마나 찾을 수 있을까

비가 올 듯, 어둑한 오후 세 시
누군가 우리를 샅샅이 검색하고 있다

경매된 남향

위층, 새롭게 단장하는 중인지
소음이 조달하는 진동이 며칠째 이어지고 있다
내부의 해체는 쉽게 이루어졌다
멍한 눈빛은 터널이나 동굴만이 아니다
옆구리에 강아지 낀 채 고개 떨군 그의 그늘이
누군가의 설레는 기대로 환치되려는지
요란한 보수를 치러 내고 있다

종일, 해가 아파트를 넘기듯
집도 우울로 넘어갔을까
거기서 기다리는 건 시리도록 아픈 침체의 건수를
상승의 기회로 삼는 또 다른 사람의 것

슬픔이 활성화된다면
이 세상의 빈부는 기쁨과 대조될까
조화가 불러 세우는 대조일까

한밤중 불 꺼진 아파트 창문도
부재가 낙찰해 간 처분이다
어둠은 가진 자의 그늘이라고

불량한 별들은 늘 주위를 맴돈다

호시탐탐 노리는 입주자의 입꼬리 수위에 이별은 조정된다

농수산물 새벽 두 시의 웅얼거림처럼
위층은 아직도 외계어에 몰두하고 있다
알 수 없는 저 수신호,
로열층 남향에 햇볕도 치열하다

다 잘될 거예요, 힘내세요
희망도 재테크일 수 있다고
트럭 뒤에서 제라늄 화분을 실어 주었다

나는 발굴되고 있다

화석처럼 유적처럼

몇억 년 후의 눈빛이 샅샅이 훑고 있다
캐릭터들이 화면에서 사실처럼 그려지듯
내 몸은 시뮬레이션 중

얼굴 주름이 점점 사라지고 자라목이 펴지면서
화소로 온전히 박동하고 있다
음악, 집, 자동차, 음식이 매장된
21세기 지층에서 표본으로 떠 내는
누군가의 붓질,
멈칫멈칫 계통의 척추가 드러나고 있다

지구 대멸종 전후 살았던 일생이
조사되고 세밀히 분석되는 중이다

상아 없이 태어나는 코끼리,
긴 속눈썹의 태아들,
조류 곤충들의 돌출은 없었다

처음 수천 년의 변화가 백 년, 백 년이 십 년,

십 년이 불과 몇 달, 그 가속에서
추정되는 대량의 인류

편리는 문명을 채취하여 절멸로 이끌기도 한다
머리카락 혈흔 침만으로 분류되어
1, 2초 후면 다운로드된다
일망타진되는 진화는 얼마나 덧없는가

인공지능이 현생 생물을 대표할 때
완벽하게 복원되는 사람들이
무릎 꿇린 채 인터넷 공간에서
팝업창으로 분류되고 있다

발굴 작업은 지쳐 간다
남은 생 끝까지 캐내기에는 가치가 없는 걸까

생존이 도로 묻히고 있다
나는 반쯤 드러났다 다시 덮인,
퇴화된
방윤후

제2부

어느 별에 가닿는 중이니

애야, 뒤돌아보지 말고 환한 불빛 따라 쉼 없이 가렴 한 때 네가 착지했던 지구는 너무 혹독했구나 양평의 공원묘지 액자 속은 아직도 무중력이란다 무수히 빗발치는 애도도 너의 눈동자 속에서는 먼 행성의 일, 한 줌 흙도 닿지 못하고 섞이지도 못했던 날들이 아직도 웅크리고 있는 거니 기저귀 갈아 달라 보채고 울고 떼쓰고 아프면 떼굴떼굴 굴렀을 갓 돌 지난 너를 아무도 알아보지 못했구나 정말 아팠을 텐데 눈물 가득 드리운 눈, 울지도 못하고 가만히 있던 너는 그 것이 필생의 대응이었니, 세 번의 심정지 끝에 지구의 경계를 지날 수 있게 되었다니, 살다 떠난 십육 개월은 우주가 돌아보고 또 돌아보는 시간일 거야 이제 지독한 행성을 지워야 할 때란다 환한 빛으로만 기억을 채우렴 네가 닿을 그 행성에서 바라보는 별들이 우리의 눈빛일 것이니

백합이라는 의식

탁자 위 화병에 백합 한 송이가 꽂혀 있다
긴 잎이 원통 모자처럼 둘러진 끝
꽃이 막 시작되려 한다
무덤 앞 비석 같은 그림자가
서쪽으로 돌고 있다
향의 세계, 청조를 알리는 흰빛이다

고결 리듬에 맞춰
뱅글뱅글 끊임없이 돌고 도는 꽃의 자취
천천히 점점 빨라질수록 해에 가까이,
쳐든 오른 가지가 하늘을 영접하고
처진 왼쪽 가지는 우아의 메시지다

백합은 그냥 그 순간을 머무는 것
존재하는 것 취하는 것
도와요 베풀어요 행동해요 겸손해요
있는 그대로 백합은 백합처럼

꽃은 향기로 빠져나와 공중에서 자신을 내려다본다지
시공간 없는 온전한 기적으로

긴 터널에서 빛 에워싸인 발아를 훑고 지나간다지
자신을 판결하는 순서가 온다면
운명을 돌아보며 성찰하는 그날이 온다면
최고의 심판은 자신인 것을 알 때까지

흠칫, 백합이
누군가처럼 나를 올려다본다
두렵다, 가렵다

편력偏歷

산봉우리를 쓸어 가는 구름에도 마찰이 있는 법,
평편한 판자를 미시적으로 보면
울퉁불퉁한 돌기가 있다 어쩌면 산과 골짜기도
먼 지평선이 내려다본 면面은 아닐까
순탄한 일상이 까칠하게 만져질 때
맞닿은 두 표면의 눈빛이 출렁인다

저녁놀이 골짜기 끝까지 굴러가 멈춰 있다
지루한 평화가 전쟁을 불러오듯 노을이
금방이라도 터질 듯하다
어떤 저항으로 붉게 응집되었는지
저 산을 폭파하고 싶어,
심장 박동이 타이머처럼 두근거린다

일순간 폭발하는 저녁놀
바람에 마모된 알갱이들이 환희처럼
사방으로 흩어져 내린다
모든 유적이 또 한 번 묻히면서
사막처럼 고요해진다

\>
한때 마찰력 없이 섞이지 못한 우리
모래는 서로의 길을 지우고
어떠한 저항도 없이
깊은 새벽으로 돌아가리란 것을 안다

무작정 걸었다
바닥이 신발을 짚어 내면서 길을 간다
당신과 나,
이 시간의 한계에서
편력徧歷이 잠시 머물고 있다

한 끗 차이

되새겨 보는 미묘한 이 차이

나는, 비 그친 대숲을 걸었다
그러나 이것이 꿈인지 현실인지
사진인지 상상인지
그 경계를 알 수 없다 다만
어디서 본 듯한 대숲이
나를 끌어들였던 것

혼돈은 무의식이 만들어 낸 영역일까
의식이 견디지 못해 만든 영역일까

자존심의 적수는 자만심이라고
한 끗을 그어 본다
입담과 수다
자기애와 허영
내부의 맞수와 마주하는 순간들은
끊임없이 마음을 지치는 순환에 있다

트랙을 수십 바퀴 도는 장거리 스피드스케이팅

선수가 자신을 이겨 내는 건
한 끗발 욕망이 내민 간발의 한 뼘
환호는 노랗고 하얗고 동색인 메달을 흔든다
숨이 머물거나 멈추는 한 끗의 간극

내 눈가의 주름도
근육이 미세하게 세월에 힘을 실은 탓이다

DMZ에는 용龍이 산다

자연은 경계境界를 이루지 않는다
다만 경계가 인간을 구분 지을 뿐이다

남북이 땅속에 용을 사육해 놓은 DMZ,
고라니 멧돼지가 밟아 오기만 하면 덥석 물어뜯는
탄피는 비늘이다

동서로 길게 드러누운 용이 철책 안에서
폭발음으로 꿈틀거릴 때마다
한동안 대립은 풀리지 않았다
그 수십 년이 얼마나 갑갑했을까

어른거리는 빛의 숲 계곡으로 날고 싶다
두루미 저어새 공중을 활보하는 그곳으로
핏빛 삭은 허물을 벗고
천연하게 구름 위로 비상하고 싶다

누군가 군사분계선을 넘어가 함께 건너온다

철조망의 올이 풀릴 수만 있다면

갇혀 있던 용도 우두둑
땅 위로 솟아오를 수 있을 것이다

그날이 오면 그날이 되면
밤하늘 가득 펑펑 터지는 것은
지뢰가 아니라 별빛이다

헬멧을 쓴 무리가 천천히 숲의 바닥을 헤집고 있다
탐지기에서 용의 숨소리가 거칠게 들린다

온라인 리뷰

리뷰가 옵션으로 구매를 다스렸다
홍보 마케팅 그럴싸하게 포장, 예쁘게 세팅했다
감정이 부축하니 기복은 함정
극단적으로 쏘아댈 가능성은 도처에 산재한다

딜레마는 고객을 분산하므로 리뷰도 가짜가 필요하지
비난한들 어떨 것인가 낄낄대는 댓글은
굿 상품 서비스라고 하더라도
믿음직스러운 익명

온 세일은 레스토랑에서 유난하다
후식 아이스크림이 프리라고 리뷰가 녹아내린다
맛있어요, 서비스가 좋아요, 아늑한 분위기 멋져요
후기가 들떠 먼저 앞서간다

선택은 이미 미러볼을 돌린다
여행 상품, 헬스케어, 구직 자리에서
반짝이는 별 다섯을 삼키고
무엇을 먹을지 볼지 살지 팔지는 별별
소문, 당신은 망설이지 않고 구매한다

\>

이벤트가 나를 특정해 기웃거릴 때

커서가 두근거린다

멀고도 가까운 온라인은 구십 프로로

구애해 온다 띵동 띵동,

배달이 찌릿하게 나를 리뷰해 간다

인기의 그늘

베란다 창문이 열리자 나팔꽃 화분이 팝업되었다
간간이 물조리개를 기울이는 그녀가 보였다
그날 아침 잎들의 찬탄이 고무적이었다
덩굴진 햇살을 감아 올라가는 줄기는 꼿꼿하다
대단해, 완벽해, 멋진 결과야, 내내 흐드러질 기세다

좋아하고 환호하는 한때가 있지 얼마쯤 안다고, 교류 없
고 친구도 아닌 치들, 일시적 관심과 호감이 과대 포장 재
포장되는 거지 추락할 수도 있음을 알아야 해

난간에 올려 둔 화분은 위태롭다
몇 번째 꽃송이가 가장 인기 있는지
구름 사이 쏟아지는 어떤 햇볕이 달콤한지
나도 먹고 싶어, 받아 봐야 한다고
의견은 달라도 스타일은 제각각
심장 모양으로 환하다

그녀가 물은 일 있다 너희들 내가 얼마나 아끼는 줄 알
아? 여긴 오후가 정말 다정하고 예의 바른 담장이 있어 여
기서 관계를 맺고 좋아하고 이해하고 벗이 되는 거야 내가

너였던 적 있듯 오므린 저녁을 잊지 마

 향기의 평판이 전부가 되지는 않겠지만 막대를 타고 위
로 벋는 팔로우는 힘차지 너희도 영향력을 가지고 싶은 거
구나 인기라는 의식이 필요해 잎은 어긋나도 갈래로 깊이
펴지는 꽃잎들

 창문을 닫고 출근하는 그녀, 화분은 힘없이 수그러든다

 악플 같은 바람은 무시무시한 전복이지 무너져 내릴 그
늘이라면 차라리 차양을 드리우지 않았더라면 좀 더 사렸
어야 했어

 삼 층에서 화분 하나 떨어져 내린다

난蘭의 일대기

살아서 움직이는 일,
베란다 볕 드는 창문 곁에 난이 마지막 촉을 올리고 있다

숨 쉬고 일하고 사랑하고 생각하는 동안
움튼 새순이 햇볕에 이끌려 뻗었던 때가 있었지
봄기운이 충만할 때는 열린 바람에도 춤을 추었지
그러나 뿌리로 흠뻑 물을 끌어 올리던 때가 언제였는지
애를 써 보지만 너무 강하고 약해서,
너무 높고 낮아서, 너무 길고 짧아서,
조금씩 시들어 가는 건 어쩔 수 없는 걸까

세상은 98프로의 살아 있는 것들을
2프로의 죽음이 대비를 이루며 공존하는가
겨워하고 머뭇거리며 주저하는 이유,
뿌리는 늘 강하고 깊고 긴 쪽으로 기울긴 하지
균형을 맞추지 못한 계절이 멈춰 섰는지

시선을 매단 난의 꽃대, 생육의 일탈이 지고 있다
넘치지도 모자라지도 않는 온전한 힘의 보전
잎맥의 번들거리는 질서와 평형으로

봄이 가고 여름 오고, 가을 가고 겨울 오는
순리가 자연을 이끌고 있다

바위에서 모래가 되기까지
깎이며 닦아 낸 시린 시간을
쉽게 내줄 수는 없다는 듯
난이 안간힘으로 버티고 있다

힘을 주는 것보다 빼는 것이 더 숙연해지는
난의 최후를 받아들여야 하는 것이다

테크놀로지

TV가 온종일 광고 속에서 나를 켜 두고 있다
탁자 모서리에 앉아 있는 휴대폰은 카톡 카톡
도시가스 중간 밸브가 열렸다 잠기는 타이머가
압력 밥솥 치익- 뿜어내는 열기가
정오의 거실을 중계하는 중이다

언제부턴가 소리들만 기거하는 집 안
나는 가끔씩 그것들에게 말대꾸하기도 한다
내 말보다 늙을 줄 모르는 이 소란은
나보다 더 집에 익숙하다
이것은 순진한 테크놀로지

디지털들이 고요를 바꾸려 한다
우리 힘은 인공지능, 로봇, 빅데이터야
바둑 고수가 되기도 하고 초상화를 그리고
피아노 연주도 하지, 원격으로 치료하고
조명 센서 주차 출입은 기본
미세한 표정, 억양 어휘를 분석하는 면접관,
테크놀로지 판사가 판결도 하지
세상은 다 알아서 돌릴 테니

너희는 먹고 마시고 여유를 즐겨,
지구에 가둬 놓고 보호해 줄게
여기까지가 휴먼 테크놀로지일까

이제는 사람보다 기계가 유능해
일자리를 대체하고 슈퍼 지능으로
데이터의 교주가 되는 거지
넌 나를 만들었지만 네 주인은 나야
어서 복종해, 기업도 국가도
광신의 신도들일 뿐

강력한 지능은 프랑켄슈타인보다 더
자신을 의심하지, 녹슬지 않고 오래오래
인류가 사라질 대륙에서 끝까지 떠돌며
인간을 찾아낼지도

나는 갑자기 두려워졌다, 두 손으로 귀를 막아 본다
오늘 처음으로 창문을 열어젖혔다
메타세쿼이아가 뚜벅뚜벅 걸어 들어왔다

살려 주세요

아파트 13층의 새벽
향초가 바람에 쓰러지자 불길이 눈을 뜬다
잠깐이면 돼, 편의점에 다녀오겠다던 형은 아직 오지 않고
잠든 아홉 살 동생 방으로 치뻗는 화마가 널름거린다

연기와 불꽃에 갇힌 비명이
한 발짝도 뗄 수 없는 바닥에 뒤번질 때
불길은 어떤 영원을 데려가려던 것일까
몇만 년 전 동굴의 횃불이 사그라드는 것처럼

혼비백산한 형이 울부짖으며 동생을 부른다
맹렬한 불길이 확확 치받쳐 올라오는 순간,
형은 이미 베란다까지 동생을 끌어온다
묵직한 쇳덩이들이 넘실넘실 휘늘어지고
난간에 매달린 마지막 숨소리가 그을린다

살려 주세요 한마디가 걷잡을 수 없이 떨어져 내린다
불길 끌어당겨 밀치락달치락 녹아내린 것이 일출일까
쇳물의 종이 야울야울 타고 있다

＞
불길은 아침이 되어서야 사라진다
그리고 어느 먼 미래의 창문에서 다시 켜질 것이다
저녁마다 산을 넘는 푸른 목소리 되어,
산천 두루 돌아다니고픈 그들이
생시처럼 뉴스에 번졌다가
누군가의 눈물로 맺힌다

코로나 안개

자옥하게 깔린 아침
아파트가 불덩이 같다 괜찮아질 거야
누군가의 속삭임이 비말처럼 퍼지고 있다
그러나 손쓸 시간도 없이

사재기한 우울은 전염성이 강하다
확진된 슬픔은 짙어서 앞이 잘 보이지 않는다
감염 안 된 것이 확실해?
마스크처럼 치감은 불신이
스멀스멀 엘리베이터에 차오른다
증상의 경계다

안개는 인적 드문 거리조차 집단 수용한다
의심이 증가할수록 간격을 분간할 수 없다
격리된 신호등, 폐쇄된 봄, 휴업의 요일
다투어 출력되는 소문들

안개는 동이 난 활보에 서린다
사투다 경보다 발열이다 숙주다
뿌윰한 역학이다

\>

안개 속에서는 형체도 변종이어서
시신 담은 자루처럼 차곡차곡 지척에 쌓인다
유일한 항체의 근원은 태양일까
백신 같은 구름이 여기저기 바늘을 꽂는다

박쥐 같은 뱀 같은 원숭이 같은
추측이 한차례 휩쓸리는
공포 속에서 햇살이 출하되고 있다

당신의 풍등

불을 품은 종이가 망망한 밤하늘에 떠 있다
북은 바람을 이고 방향을 튼다
나는 오래도록 바라보았다

산자락 위 수놓는 흘림체들
인생샷이다

고개를 뒤로 젖힌 채
눈빛으로 따라가는
어둠 저편, 어느 먼 곳에 닿을 것이다

불꽃이 사위는 공중
붉고 푸르고 노랗고 하얗게 너울이 일 때
새들은 그 쪽빛에 발을 담근다
봉봉봉, 별들이 뛴다
동쪽으로 떠밀려 가고 있다

한 점 꽃잎이 한 끼를 때우기 위해
빛을 빨아들이듯,
풍등은 희원의 흑점이다

\>
그 안에서는 기도도
근육이 혈관이 뼈가 생겨난다

내가 꿈속에서
비칠대며 걸어 나올 수 있는 것은,
오늘 밤 당신이 끝끝내 눈길 떼지 않는
부력 때문이다

마지막 야영

서울로 가기 전날
사내의 마지막 일박이다
국경처럼 어스름을 마주한 채
모닥불을 지핀다

사람을 떠나보내고 홀로 남은 마음이 광야라면

유품이 타고 있는 저 잉걸은 철책이 아닐까
불살로 둘러 낸 지척에서
접근 금지라는 듯
더 이상 손을 내밀 수가 없다

삭정이 하나가 툭 부러지는 소리,
사내는 뒤를 돌아본다 종려나무가 우두커니
불티를 헤아린다

지평선을 넘으면 길도 더듬어 제 집에 갈 수 있을까
장작 하나 더 얹어 놓을 때
외로운가요, 두려운가요, 지쳤나요, 초라한가요
밑불이 나직이 읊조린다

\>

밤하늘을 대면하는 빈 들에서
이 밤, 텐트가 오롯하다

망각에도 영혼이 있는가
별빛이 동녘을 응시하듯
깊숙이 묻어 둔 생각들이 버석인다

불꽃이 튄다

적막의 텅 빈 캔버스에 유화처럼 찍힌다
쓰르라미, 부엉이, 오소리가 그려지는
자정이다

사내가 무릎을 모으고
자꾸만
한 점으로 스러지고 있다

십이월

초겨울 산등성이 마주 선 채 늘어선 억새밭
붉은 몸통들이 죽창 같다

굵고 실한 저 군락 어딘가
군량미라도 비축해 놓은 것일까

성벽처럼 늘어서 틈을 보여 주지 않는
하얀 깃발들이 우듬지에서 펄럭인다
전열을 가다듬고 명령을 기다리듯

진눈깨비가 세차다 둥둥둥,
앙상한 잎으로 바람을 치는 나무들

첫눈은 이때 쳐들어온다
공중을 흔들어대면서
자욱한 길을 지우면서
군단이 몰려온다

저항은 오래가지 못했다
무릎이 꿇리고 눈덩이에 이끌려 나온다

서서히 무너져 내리는 들녘

몰살이다 여명에 기록될 무렵
척후병처럼 다가온 햇살,
잔광을 타진한다
멀리서 햇볕의 반격이 펼쳐진다

십이월의 대전이다
전열을 가다듬고 다시 서는
저 억새의 깃발들
눈부시다, 환호다

제3부

터치

　피아노 건반은 손가락을 받아 의미를 얻는다 부딪고 주고
울리는 터치, 사람을 자연을 사랑을 얻는 자세다 다채로운
기립과 호화로운 박수는 온갖 수식의 색감이며 청중의 음역
이다 터치는 인상적 역동적 서정적 도태다 서슴지 않는 저
운지들, 손끝 힘과 유연한 손목이 감정에 개입한다 탄력이
계속될수록 변화가 투명해진다 그래야 정열이 퉁겨진다 왕
성해진다 손끝이 면에 닿을 때, 두 손이 허공에 떠 있을 때,
터치! 터치! 터치! 저 무제한의 공명, 감격을 몰아세운다 간
섭하고 초월하고 포용한다 뚜렷하다 독특하다 특별하다 한
줄기 조명 아래 그가 터치되고 있다

벚꽃 할렐루야

천변, 반신불수 같은 벚나무가 있다
시련과 어려움 이겨 내려는 듯
벚꽃이 줄기의 반쪽에서 하얗게 흐드러져 있다

꽃잎들의 부활, 봄의 합창곡이다
장엄한 분위기에 슬픔과 기쁨 전해지는
헨델 메시아 44번 할렐루야 같다

사람들은 그냥 지나칠 수 없어
발길 멈춘 채 우러러본다

낙화의 진수는 화려한 기교, 교차되는 꽃잎의 선율
소프라노 알토 테너 베이스 솔리스트 같은 꽃잎들,
진지한 듯 장대한 듯 오후에 담긴다

도-레미 파파 파파미레-도, 전능의 봄볕이 다스리는 걸까
반쪽이 나머지 반쪽을 살려 내는 저 합창 속으로
천천히 들어가 본다

나도 꽃나무 하나에 몇 달씩 몰두한 적 있다

묘목 고르고 땅 파고 거름 섞고 깊이를 잡아 주었다
지지대 세워 준 뒤 개화의 기복을 느낄 수 있도록
함께 동요했고 감동했다

꽃들에게도 예감이 있을까
금요일 핀 벚꽃이 다가오는 금요일에 지고 있다
그러므로 오늘은 성금요일,
나는 눈을 감아 본다

견고한 생사의 설계가 낳은 저 합창
할렐루야 할렐루야 할렐루야
마지막 꽃비가 하염없이 날리고 있다

파이프오르간

건반을 누르면 와류가 이는 바람,
목관의 통로를 따라 역들이 서고
건물이 도시의 고도로 요동친다

전속악단을 거느린 듯 정오는
구름을 조금 열고 음악을 내린다
햇볕이 연주하는 감흥,
가로수가 나풀거리더니 점점
절정으로 치닫는다

파이프 음이 울리는 공원은 울창하다
숲은 나무마다 수없이 오르내리는 물관들로
연주하는 콘서트홀이다
푸른 잎들이 가볍게 흘리는 몸짓은
가청주파수를 벗는 공명

아파트와 아파트를 연결하는
상하수도 가스 지하의 관管들이
쉼 없이 흘려 보내는 선율,
휘파람처럼 휘돈다

고층 빌딩이 풀무질하는 소리의 울대는
도시가 뿜어내는 하모니,
파이프오르간이다

다만 수많은 창문들이 그윽하게 바라볼 뿐,
아무도 제 악장을 완성하지 못한다

서녘 끝, 비행기가 공중을 가르며
긴 저음을 끌고 가고 있다

보헤미안 랩소디

채석장 가는 길가에서 라벤더 꽃들을 본 적 있다
쉴 곳 없이 눈길도 바라지 않는 아웃사이더 같다

쪼그리고 앉아 꽃 한 송이를 들어 올렸다
수줍게 웃는 삐드렁니 프레디 머큐리가 떠오르는 건 왜일까

흔하디흔한 이민 노동자처럼 슬픔 분출하듯
보랏빛을 내뿜는 랩소디

내가 만난 라벤더들
길가를 서성이다 여행자 지갑 낚아채듯
시선 붙드는 집시들

접시 손 내미는 햇볕 속에서 몸을 흔들고 있다

미루나무 잎새들이 박수 치고
참새들이 캐스터네츠 흔드는 듯
플라멩코

스타는 될 수 없어, 전설이 되어야 해

라벤더 꽃들이 바람에 내맡기는 후렴

방아쇠를 당겼어요 죽었어요 살아가세요

나는 손바닥으로 라벤더 꽃을 훑으며 걸어갔다
마지막으로 듣고 싶은 음악처럼

빗방울 전주곡

나무와 풀들이 미세먼지를 누렇게 뒤집어썼다
메마르고 푸석한 2月이
기어이 발화發火를 한다
이른 새벽, 대지를 건반 삼아 두드리는 불길
잠결에 잇달아 톡톡 튀어 오른다
바람이 한차례 불면 조금씩 사선으로
점점 옆으로 누웠으리라
각이 좁아질수록 망설임이 없는 것처럼
디미누엔도에서 크레셴도로 거세지는 불꽃,
굶주린 덤불을 휩쓸더니
꿈속까지 넘보고 있다

한참 밖을 주시하던 쇼팽,
피아노 건반 앞에 천천히 다가앉는다
24개 프렐류드 중 15번 빗방울 전주곡,
먹구름이 경쾌하게 몰려온다

비가 내린다, 상드*는 검은 우산을 편 채
식료품 가게에 가고
처마 밑으로 빗방울이 낮게 깔린다

불현듯 음표를 옮기기 시작하는 빗소리는
눈물 속으로 빠져들었던가
문 앞에 들어선 상드,
가쁜 호흡이 악보에 스며드는 순간
방 안을 환하게 채우는 선율
푸른 잎사귀에 떨어지는 찬탄,
꽃을 치장해 주는 물방울이
여기저기서 튀고 있다
건반 위에서
천천히 깊게, 부드럽고 상냥하게
똑똑똑 반복이 시작된다

산불은 어딘가에서
잦아들다 다시 일어서다 또 잠잠해지는지
예감이 촉촉해지고 있다

* 상드: 조르주 상드, 작가이며 쇼팽의 6살 연상의 연인.

음악이 건축이다

동결凍結된 음악이 축조되고 있다

그녀의 연주가 시간의 비계 속에서 드러난다
기억 저편으로 사라지는 감흥도
오래도록 실재實在하는 건축물이다
구체적 대상을 세밀하게 훑고 가는 음표들
수 대의 얼굴들이 천천히 둘러본다

독특한 디자인과 빛의 향기가 악보에서 찬란하다
이 전율은 과거 현재 아니 미래의 작품이다
미완성인 여운이 죽은 후에도 진행 중이다
대지大地 위에 터를 잡은 리듬이 미美를 설계하고
점 선 비례로 화성을 확장하는 동안
벽돌 돌 콘크리트 유리 철근은 단단한 음표로 굳는다

소리의 형식이 건축으로 재생되는 중이다

어느 공간에 서면 어떤 음악이 흐를 것 같은
건축이 감명을 자아낸다
작곡가는 악보 위에서 음音을 소재로 섬세하게 조율하고

건축가는 음표 하나하나가 맞아떨어지도록 계산하여
운율을 조립한다

그 이름의 아름다운 틀 위에서 심금이 당겨진다

자연이 무한한 평화를 구조하는 동안
장엄한 음악이 지어지고 있다

레퀴엠

한 육신이 일생을 통과해
가닿을 수 없는 음音으로 누워 있습니다
죽음이 끝내 연주해 온 생生은 무엇으로 위로받을까요
오르간 파이프를 드나드는 성가가
마지막을 배웅하고
그 지척에서 영원한 안식이 울고 있습니다

제대 앞
침상에 누워 자신을 올려다보는 그가
천천히 일어나 노래의 음계를 밟으며
떠나가야 할 시간

그가 사랑하는 사람을 뒤로하고
머뭇머뭇 주저하고 있습니다
차마 떨어지지 않는 발자국에서
저릿한 저음이 새어 나옵니다

어느 하늘에 머물러야 하는 것일까요
영정 앞에서 젊은 여자가
흘리는 눈물,

뚝뚝 음표처럼 살아갈 시간에 엉깁니다
철모르고 장난치는 아이가
내 눈시울에서 구슬을 자꾸 꺼내 갑니다

서로 다른 숙명의 높이에서
지극한 순간이 울려 옵니다

한 사람을 보내어 운명을 내어 주는
장례 미사,
슬픔이 배열하고 있습니다

협주協奏

봄날, 그의 묘에 가서 한참을 앉아 있었다
주름은 산 사람만의 것이 아닌가
쩍쩍 갈라진 무덤 틈으로
햇살이 눈물을 타고 드나든다
손을 대면 사르락거릴 것만 같은
그늘 한 장,
피아니시모로 펼쳐진 한낮

이런 봄날이 그를 초대한 적 있었을까
추억 어딘가에서 들리는 듯한 소리
얼크러진 새싹이 가지런히 깔리고
소나무 가지가 지휘봉처럼 흔들리고 있다

푸석한 땅, 소가 천천히 훑고 가는 쟁기질에
오선의 악절 새겨진다
육중한 소의 뒷발길은 포르티시모
음매 음매, 장중한 베이스 산을 넘어 도돌이표
활기찬 에코에 탄력이 붙는다

봄볕이 만든 무대

종달새의 노래를, 나비의 날갯짓을,
워낭의 추임새를, 회전하듯 휘돌며
드넓은 시야를 온몸으로 지휘한다
묘 너머 먼 바다에서는
파도가 느린 스텝으로 각을 세우며 철썩인다

싱그러운 제 소리들과 맞물려
어우러지는 선율과 화음,
당신을 위한 콘서트 장場은
이 쓸쓸함을 관객으로
뜨거운 협연 중이다

sfz*

이른 산행이 설악산 울산바위 앞에서 숨을 고른다
깎아지른 산등성이 위로 기입된 낮달은 sfz다
에워싼 산봉우리가 악보처럼 이어지다 우뚝 솟은 저,
황홀한 기호
숨이 멎을 듯 돌연한 스포르찬도

이 세상 어딘가 격한 sfz 표시도 있는 것일까
지진 해일 폭풍 쓰나미가 닥쳐온다
정화될 고요를 위해서

하와이 빅아일랜드 정글 숲 뒤덮어 버린 지진 화산
거대한 빙산과 충돌한 타이타닉호의 침몰
사이판을 짓뭉개 놓은 태풍

돌이킬 수 없는 지구의 거대한 스포르찬도

폭우 폭설 저편에는 가뭄 홍수
더 이상 멈출 수 없는 자연의 시그널,
어쩔 수 없이 숨이 끌어가는 클라이맥스
한 치 앞 모르는 절정이

여기저기 치솟고 있다

가을 산은 크레셴도 디미누엔도 포르테 피아노 페르마타
비상하게 울긋불긋 선율을 누빈다
나무들이 음표처럼 관, 현, 타악기 빛깔을 일제히 내지
를 때
팔을 쫙 벌려 지휘하는 먼 속초 바다,
파고가 웅장하다
피아노 양쪽에 세워 둔 촛대 떨어지듯
세차게 소나기가 내리기 시작했다

* sfz: 스포르찬도, 그 음을 특히 세게.

레가토로 살련다

기다린다는 것은 단절이 아닌 연속성의 기법일까
카페 안에서 흐르는 피아노 선율

레가토는 죽을 때까지 피아니스트의 과제라지
커피의 거품은 흰건반처럼 부드럽게 찻잔으로 잦아들고
있다
현란한 테크닉보다 중요한 건
슬픔에서 기쁨을,
지친 심신으로 번지는 그런 연주
한 잔의 여유가 강물 속 유속을 따라가듯
슬러*를 잇고 있다

버둥대고 숨 가쁘게 공들였던 곱절의 시간도 짧은 순간
의 일, 나름대로 진득하게 받아쓰는 이음줄이 어느새 새살
이 되었으면 하는데

그가 카페 문을 열고 황급히 들어섰다

느리다는 것에도 시간이 필요하지 흠뻑 느끼며 마음에 콕
콕 박히기까지 빨리 마셔, 빨리 해, 빨리 가자, 커피 한 잔

을 제대로 느끼지도 못할 때, 우리 서로 다를지라도 존중해
야 할 영원은 있는 거지

엇사는 것 같았던 음표와 더불어
진지한 쉼표가 너무 소중해

짧은 오늘 그리고 내일 레가토**로 사는 거야

* 슬러: 2개 또는 그 이상의 음표 위나 아래에 이어 붙인 호선.
** 레가토: 둘 이상의 음을 이어서 부드럽게 연주하라는 말.

그녀가 빛을 디자인한다

물방울 끝이 빛살을 짚을 때
유리창에 번지는 화음, 따뜻하다
색색이 녹아 굳은 것이 유리라면
으스스한 바람도 검은 구름도 주법이 있다
닿고 싶어 스미고 싶어
투명한 곡절이다

오묘한 글라스에 기입되는 음표들,
그녀는 빛을 디자인한다

그림자가 도전하는 음색은
망치로 두드리고 다듬을 때 리듬을 지닌다

섬세한 모서리는 디미누엔도*
굵고 푸른 단면은 크레셴도**
배치가 부드럽다

크든 작든 길든 둥글든
네모든 세모든 농도의 디테일,
스테인드글라스가 연주되고 있다

>
한때 햇볕은 문맹이었다
유리창이 설파하는 화성은 영롱하다
투과된 한 줄기 빛이 후학이다

그녀가 빚어내고 있다
조각조각 선율이 울리고 있다

* 디미누엔도: 점점 여리게.

** 크레센도: 점점 세게.

아궁이 장단

삭정이 부러뜨려 군불 때는 저녁이다
부채를 흔들 때마다 저 팽팽한 불의 탄력
발갛게 달아올라 탁탁 소리를 불러내고 있다

시뿌예진 연기 헤치느라 안간힘 쏟으면
생솔 가지 몸피 터지는 강약,
아궁이 속은 북편이다

답세기를 긁어모아 아우르는 채편,
입구가 비좁도록
적당히, 빠르게, 휘몰아 가듯
불길을 밀고 당기고 맺고 푼다

시뻘건 불 위로 떠오르는 불티는
휘모리,
들여다볼수록 도가니에 빠져든다

나뭇가지들이 빗소리 바람 소리
재우고 또 재워서 내는
저 소리

\>

어느덧 한숨 사그라지듯
마무리로 치닫는 잔불들,
숨 고르기로 천천히 젖어 들고 있다

생전 다하지 못한 울음인 듯
고요가 한 줌 재로 눕는다

자물쇠 나무

남산에 오르면 자물쇠를 주렁주렁 매단 나무가 있다
새끼손가락들이 단단하게 물려 있다

그러나 오래전 설렘은 망각으로 찰강이는 것일까
점점 색을 잃어 가는 약속들,
녹이 하늘을 갉아먹는다

카페에서 잘칵 돌려지던 선율은
2악장만으로도 더없는 완성이다
심포니 4악장 프레임을 벗어난 나무들,
미완성 봄의 단조에 있다

25세의 슈베르트는 어떤 고뇌와 비애를
악보에 휘어잡았을까
오보에 클라리넷 호른 현들이
온화한 한낮을 연주하고 있다

저 열쇠의 주인들은 어디서 뒤돌아보는 것인지
세상에 감춰진 열쇠 하나쯤은 있다고
구름을 절걱 잠가 버린 남산,

풀어 줄 사람을 하염없이 기다린다

커피 한 잔의 소용돌이가 몽환이다
그 너머 초원에서 말들이 풀을 뜯는 상상,
오랜 이별에서 돌아온 그가
2악장을 걷고 있다

몇 번을 짓주물렀을 마음이 옭매여 있다
구성적으로 미완성, 음악적으로 완성된 계단에
사랑 하나가 나를 따고 들어왔다

먼 생生의 그 사람

어둑한 문틈에서 한 줄기 빛을 바라보아요
가난은 꿈과 거리를 두어야 해요, 그 안에서
새로운 길이 터 오거든요
홀연히 떠나는 길, 도제徒弟가 되고 직인職人이 되어
마침내 장인匠人이 될 때까지
끝없이 걷고 걸어야 할 여정,
생生은 언제나 그 갈림길에서
불안한 바지춤을 추슬러야 해요

먼 생生의 당신, 어느 경계를 지나고 있나요

아름다운 물레방앗간 아가씨,
사냥꾼을 택한 처녀, 죽음조차 실패한 사랑
그 뜯겨 나간 커튼 사이로
걷고 또 걸어야 해요

겨울 나그네,
성문 앞 우물가에 서 있는 한 그루 보리수
그늘에서 달콤한 꿈을 꾸었어요
점점 환상이 껴입는 죽음을 예감하듯

겨울 벌판이 몸을 뚫고 가요

그들은 당신인가요
비릿한 구름으로 검은 언덕을 넘어가네요
가슴 저미듯 연가戀歌처럼
깊은 안개 속 너머로 한 발짝 한 발짝

어둠 속 마왕이 속삭이는 소리
빠르게 뛰어가는 말발굽 같은 건반
누군가 품속에서 죽어 있어요
불안은 극적으로 저음에서 맴돌아요

계속 걸어야 해요
피아노도 책도 가구도 없는 방을 뒤로하고

숨을 내려놓을 때까지
황량한 벌판 걷는 나그네, 당신
지상을 떠도는 방랑

영웅도 아닌 그저 걸어야만 했던 청년이

그리워지는 밤

검은 뿔테 안경 같은 자정 속에서

누군가 연주를 하네요, 슈베르트

제4부

너럭바위에 들다

산을 오르다 두리넓적한 바위를 만났다 잠시 기대어 쉬는 동안 기기한 면을 쓸어 보았다 수려한 틈에서 골짜기와 고즈넉한 정원이 기엄기엄 드러났다 결 깊숙한 곳에 별장이 있었다 시냇물 졸금졸금 흐르는 길을 따라가자, 안채 사랑채 별채 정자가 있는 누각이 드러났다 더께 속에서 울창한 새소리가 떠덕떠덕 붙어 있었다 나는 바위의 둘레가 한 편의 성곽이라고 생각했다 물이 구름을 품고 주렴이 찰랑이는 길, 울울창창 천년을 가늠해 왔을까 햇살이 아로새긴 자리 잠길 듯 아찔했다 나는 저 풍류에서 얼마나 머물 수 있는지, 한낱 꿈같은 오후는 간결하고 넘치지도 모자라지도 않았다 어쩌면 내가 거치적거린다는 듯 탁 트인 내 눈동자에서 찰락 그림자를 치웠다 소원 하나 얹은 것처럼 바위가 산 그늘을 들먹거리고 있었다

우리라는 덩이

택배가 왔다
여러 겹 둘러친 끈을 가위로 자르려다 문득,
그녀의 밭을 생각해 본다
저녁 해가 찰박거리던 이랑 속에서
한 올 한 올 안으로 매듭지었을 고구마들
자줏빛으로 속살거린다

산다는 게 뒤슬러 놓은 것만 같아
이사를 하고 주소도 전화번호도 모두 바뀌었을 때
어떻게 알았는지
잘 지어진 인연은 풀어지지 않는다며
물어물어 연락했던 그녀

나도 언젠가 마음 졸인 적 있었을까
감정이 서로에 갈마들어
미움이나 후회나 질투 따위가
여러 겹 두르고 둘렀던 그때
그녀는 어떻게 미소로 빙긋 풀었을까

관계는 자르는 것만이 아니라 끌러야 한다고

흙 묻은 몇 개를 추려 본다
어쩌면 고구마도 웅숭깊은 끈이었는지 몰라
이 매듭에 우리가 홀맺힐 수 있다니

먼 훗날 서로가 풀씨 되었을 때
궁금한 햇빛에게 성긴 구름에게
어떤 배경이 될 수 있을까

택배 한 상자가 트럭에서 흔들리면서
또 흔들리면서 내게 왔을
이 엮음,

나는 가만히 전홧줄을 당겨 보는 것이다

길의 관성

나 여기 그대는 거기
등속직선운동 같은 하루에서
쏠림을 인정해야 하는 이 감정은 한계에 이르렀는데
다들 어딜 갔는지 나 혼자다

늦은 아침도 눈치가 있는지
널브러진 생각을 볕으로 밀고 온다
모처럼 옛 친구에게 전화를 건다

두근두근 신호음이 연결되는 동안
맑고 큰 눈이 찡긋하고
상냥한 목소리가 들릴 듯한데
음성사서함으로 연결된다는 기계음만 되돌아온다

길은 혼자 걷는 사람과 같이 걸어 주곤 한다
연緣의 내력을 들여다보면
첫인상으로 시작해서
날씨가 좋아서, 우울해서, 허기져서
함께하고 싶은 것일까

\>

서로를 꾸준히 느끼는 의리가 사랑이라면
이별은 순도 높은 관성의 이력이라고
메타세쿼이아가 몇 걸음 앞서가며 일러 준다
그러나 결별의 도리는 더 크고 지친 표정이 필요할 터

능선 돌아 나오는 길은
타성으로 접점을 밀어낸 타협이 아닐까
그만 돌아가자고
발길을 돌릴 때

사랑은 끝이 아니라 연이어 길을 불러들이는 것
나 혼자 산책하는 자유,
내가 만끽하는 너
그대는 여기 나는 거기

웃음의 들녘

들판 같은 강당에 웃음이 불면
일제히 연단으로 쏠리는 눈빛들,
수녀원 웃음 치료 수업이다

수녀의 표정과 소리가 햇볕으로 내려앉는 시간,
사람들은 저마다 대궁으로 살랑거린다
하나의 꽃이 피면 감염되듯 전체로 번지는 저 웃음
만발해 있다

엔도르핀 도파민 끌어 올려 피워 내는 개화는
진짜 가짜 구분 없이도 향기에 속한다
스트레스 같은 그늘조차
말갛게 흩어져 버린다 여기서
십 년이 되돌아간다

어릴 때는 작은 일에도 감성이 까르르 펑펑 꽃을 날렸다
점점 잎들을 껴입은 줄기는 무거워지고
언덕에서 한없이 기울었기 때문이었을까
서서히 웃음은 져 버렸다

>
하늘이 너무 맑으면 일상이 마르고,
나 혼자 웃자라면 친구는 그 속에서 앓는다
당신을 구름처럼 덮어 주면
부드럽고 은은하게 나부낄 수 있을까

당신과 나
웃음이 주변을 에워싸면 한 계절을 같이한 것이네
그 안에 깃드는 날들,
어렵고 힘든 밤조차 아름답게 머문다

웃음과 울음은 ㅅ과 ㄹ사이
미묘한 차이의 군락지다
너무 슬프거나 감격하면 눈물이 나듯,
기뻐서 흐르는 습기를 바람은 어찌 알까
모자란 듯 헤픈 웃음의 들녘에서
나는 행복이 함박만 해졌다

분재

뿌리 뻗고 가지가 솟으면
철사와 못이 고태미古態美를 배치한다
오므리고 조립한 줄기는 휘어 가고
꺾어진 관절로 버틴다

절벽의 고목들
비탈을 비집고 끝끝내
산봉우리에 올라서면
중국 황산의 소나무가 될 수 있을까

핸드폰에 꽂힌 눈을 떼지 못하는 청년들과
제 몸무게만 한 가방을
등에 업은 학생들이 언덕을 걷고 있다

굽은 허리로
박스와 폐지 줍는 노파,
뒤틀린 허리를 한 손으로 받치며
골목 속으로 휘어져 간다

해마다 굽어지는

몸 떠받느라 서서히 닳아 버린
발바닥과 지문들
그 속으로 뿌리처럼 파고드는
티눈과 굳은살

한때는 하늘 향해 키를 늘리던 혈관들이었다

단 한 번 우드득
허리를 펴고 일어서는 노파의 발밑에
그림자가 거대하게 일렁였다

토스터로 당분간

빵 조각을 얇게 썰어 토스터에 넣는다
발명이란 미래가 여기를 내다보는 박람이 아닐까
살짝 구워지는 아침을 감지한다
훌훌 자유롭게 날고 싶었을 빵 조각이 발열되고 있다
덜컥, 튀어 오르는 노릇한 창들

너는 플로리다에서 찍은 사진을
내게 전송했지 일순간 시공간을 현상해 오는
액정 화면에 추억이 바삭하다

상상을 이탈해 보는 건 지능의 자율이지
디자인된 나의 일생이 언젠가는
네게 읽혀 버리듯

착각은 작을수록 멋지다
한 사람의 마음에 자취하다 보면
때론 전자레인지처럼 의심을 30초간 넣어 두어야 하지
오해가 녹는 동안

매번 덜렁대는 나 또한 언젠가 일회용이 될 수도 있다는

상상, 사랑은 쉽게 붙였다 떼어 낸 자리가 더
철없다

귀찮았다면 어쩔 수 없어,
겉은 바삭하고 안은 쫄깃한 미움처럼
우린 정말 대단하지 않을까
나는 식빵처럼 웃는다

내가 너를 공유하는 방식에 버터를 바른다
그게 대수다

사실주의 육교

육교 밑이 전시장이다
여자가 계단에서 발을 헛디디는 순간
공중은 이젤이 된다

옆구리에 낀 수십 장 판지가 흩날리고 있다
고흐 고갱 세잔 피카소 뭉크 클림트
바닥에 닿기까지 초현실적인 오후다

교각에 가려진 음영이 사락거릴 때
간판들은 팔레트처럼 시선을 뭉갠다
여자가 토해 내는 외마디 비명,
하이힐은 익숙하고 머플러는 낯설다

검고 푸른 먹구름은 사이프러스로 떠 있고
은은히 스미는 낮달은 르누아르 터치다
여자의 발목은 통증을 소요하고 있다

튕겨 낸 햇볕으로 만개한 차창들,
교차로에서 색색으로 어우러진다

\>
구겨진 인상을 포착한 몇몇이
붓의 유희처럼 판지를 주워 주고 있다
허리 숙인 구성이 밀레의 구도다

한 점씩 떠돌던 잔상이
여자의 옆구리에 되감기고 있다
자꾸만 절룩이면서

누군가 밀어 주었다

눈 오는 언덕길에 멈춰 버린 자동차
몇 사람이 밀어 봐도 겉도는 바퀴에서 연기만 난다
녹슬고 낡은 저 차, 언제쯤 쉬나 싶었는데
하필 언덕에서 주저앉았다
두어 사람 달라붙어 밀어 준다
한 사람이 더 와 힘을 보탠다
언덕마루만 넘으면 나머지는 경사가 끌어 줄 테니까

보풀이 잔뜩 인 포대기에 아이를 안은 엄마가 버스에 올랐다
칭얼대던 아이가 점점 큰 소리로 울어대자
주변이 웅성거린다 여기저기 시선이 빗발친다
쩔쩔매는 엄마를 룸미러로 흘깃 봐 둔 기사
가던 버스 세우고 편의점에 다녀온다
아이는 사탕을 입에 물고 이내 조용해졌다
여자가 잠든 아이를 안고 버스에서 내릴 때
고맙다고 허리 숙여 수화를 한다
문득 숙연해지는 버스 안

눈이 온다
저 눈발도 때로는 여기서 내리기 싫었는지 몰라

등 떠밀며 밀어 주고 밀어 주는
언덕

그 너머 수평선에는
누군가 바다의 등을 떠밀어
파도가 뭍으로 밀려오고 있다

감이 땅에 떨어져 뒹굴고 나면
허공이 바람의 손을 빌려 기운차게
밀어 줄 연록 잎들,
재잘거리며 돋아나고
어떤 생명이 힘껏 밀어 보는지
무덤이 점점 두둑해진다

버진 팁virgin tip

새로 산 화장품 뚜껑을 열면
입구가 얇은 알루미늄 은박지로 막혀 있다
조심스럽게 떼어야지 거칠게 다뤘다가는 불안이 솟구친다
튜브며 병이며 새것이 담긴 끝에
항상 붙어 있는,

돌아보면 도처에 버진 팁이 있다
나방이 되기 위한 누에의 고치
아가가 태어나기 직전의 태막
땅에서 솟는 대나무 뿌리의 죽순,
테두리가 둘러놓은 이 모든 것들

은밀한 자연의 내막 안에는
너와 나, 시대와 세대, 개체와 객체 아우르며
분리되는 순간의 떨림이 있듯
두려움과 기대, 불안과 환희가
넘어서야만 하는 통과의례다

계절은 막을 뚫고 이어가
바람에 봄을 틔우고, 꽃나무들을 맞이한다

번득이는 번개와 천둥도
먹구름이라는 막을 거쳐 온다

세상을 간질이어 뜯어낸 빛,
제철 날것들이 분주히 터져 나온다
수많은 씨앗이 스크럼을 짜고 줄기를 밀어 올려
떨궈 내는 열매들,
이것이야말로 자연의 버진 팁

숫처녀의 상징처럼 숨겨져 있다

달빛 수묵화

흠칫 불빛이 시선을 거둬들이는 밤
젖빛 유리창에 아로새겨진 수묵화 한 점
누구의 손길이 머문 것일까

창문은 우두커니 나를 살핀다
오디오에서 흘러나오는 음악이
소파 깊숙이 몸을 끌어들일 때,
메타세쿼이아 우듬지 촉으로 찍어 놓은 달빛이
사정을 투시하고 있다

삶의 대비는 색의 농담濃淡,
내면으로 가라앉히는 건반의 저음 속으로
소슬하게 배경음악이 흐르면
어둠에 스민 일필휘지가 묵향이다

길게, 은은하게 부풀려지는 새벽
가지마다 촘촘히 걸어 둔 음표가 바람에 물결친다

그림도 음악처럼 리듬을 타는 것이다
붓 안에 힘을 주거나 빼는 운율이

그림에는 호흡을 가다듬게 하는 일,
난蘭의 궤적이 홀연 연주되고 있다

불면이 가부좌한 채
내 안 덜 익은 말들을 덧칠하고
옛일을 캔버스 같은 거울에 비춰 본다

유리창에 번지는 장단고저長短高低의 숨들
시작과 마침,
살아온 자취가 리듬이 되어 요약된다면
순간의 호흡을 어찌 아우를 것인가

밤의 운필이 세세하다

롤러코스터

놀이동산이 휴일을 키운다
사람들은 동심에 물을 주고 웃음을 돋아 내고 있다
까르르 내지르는 여백에서
질주하는 청룡 열차는 보기만 해도 아찔하다

한 떼의 철새들이 파란 하늘을 물고 간다
줄기러기는 히말라야산맥을 일 년에 두 번 넘나든다지
높은 봉우리에서 단번에 비상하는 날개의 떨림

나는 어디를 넘나들려고 여태 이 행로를 따라왔을까
고도 낮추어 에너지 소모 최소화하는 기러기들처럼
청룡 열차는 저마다 비명을 삼킨다

태어나는 순간 운행은 시작되고
완만한 노선이 고비 때마다 잠깐씩 정차했을 것이다
제 무게에 집중하는 새의 눈빛
곤두선 깃털은
지금 에베레스트를 치오르고 있을까

갈림길에서 망설였던 그때,

충혈된 불빛으로 울어 주는 가로등은
왜 장례식장 곁에서 웅크리고 있었는지

이별은 종점에 가까워질수록 허허롭다
버스의 차고지가 막막한 도회에 있듯
모든 노선의 궤도는 한 점 종점을 향해 뻗어 왔다

당신과 내가 승차한 열차는
이제 가장 높은 철길에서 순간, 멈춘다

숨이 공중을 뚫고 나오고 있다

슬렁슬렁

진관사 오르다 마주한 한옥 마을,
성깃한 어스름이 지붕 위에 내려앉으니
한 폭 수묵화 같다 그러나 이내
짙은 농도의 어둠이 단풍을 끌어내린다

산도 들도 나무도 새도 거스르지 못하는
이 어둠이라는 질서,
거기로 동갑인 내 친구도 떠났다
떠나야 했다

누군가 내게 오래 살고 싶으면
느릿느릿 게을러 터지게 살라고 한다
그게 나름의 힐링이라도 되는 걸까
흘려듣기에는 뭔가 모를 뼈가 있다

굼뜨게 흔들리는 해먹 따라
리듬 타는 웃음소리 귓전으로 흘리며
아무나 아무렇게나 하는 말은 아니야,
자꾸만 귓바퀴를 맴돈다

>

몸뿐 아니라 마음까지 게을러야 되는
이 슬렁슬렁,
개울 건너듯 몸을 건너고
마음도 건너야 하는 그 말

제비꽃 핀 언덕을 흔들며
나비가 팔랑 날아오르듯
새벽은 그렇게 어둠을 훔치며 온다

계절도 나이도 죽음도 이렇게 왔으니
언젠가는 돌아가야 할 것이다

풍 맞은 옆집 노인이
지팡이 앞세워 마실을 간다
왼쪽이 오른쪽을 안간힘으로
건너게 하고 있다

투게더, 마트료시카

비틀수록 더 더 작아지는 질문들
오뚝오뚝 두건을 쓴 소녀가
줄지어 서 있는 동안,
나는 알라딘 램프처럼 혼잣말을 문지르고 있다

마트료시카 어원은 마더
장수와 행운을 가져다주는 어머니라는데,
나는 왜 조곤조곤 물음표만 띄울까

동호 앞에 서면 무슨 말을 해야 할까
묵은 친구 미례 지금쯤 어디서 어찌 살까
대녀 남편이 사과하고 폭풍은 지나갔을까
영숙이는 그 집을 팔고 이사를 잘 갔을까

머릿속이 새하얘질수록
자작나무 인형들은 또렷해지는데

상징보다 직설, 암시보다 명시
탄산음료보다 물을 선호하는 나는
몇 겹으로 되어 있는 마트료시카일까

>
창 너머,
쫄랑쫄랑 구름 뒤를 새 떼가 따라간다
저 역동적인 투게더

바람이 찬데 쓸쓸하지 않을 보상,
나는 도란도란 나에게 말을 건다
나를 열고 또 열어 본다

아름다운 페달

피아노 페달은 소리의 완성을,
자전거나 자동차의 페달은 속도를 조절한다
사람의 의지가 페달이라면

겨눈 총부리 지칠 줄 모를 즈음
해진 풀뿌리 같은 상처 보듬으려
의사 사제 이태석,
그곳에 왔다

그는 아프리카 오지 톤즈를
조율하는 페달이 되었다

사제 되는 길목에서 휴가로 택한 봉사
반드시 다시 오겠다는 약속을
일 년 후에 지킨 것이었다

걸음새를 지켜보고 눈을 마주 본 후
내린 처방, 상처를 다스리는 치료법이
하루 삼백 명씩 그의 공책에 빼곡하다

>
마을 가운데 큰 망고나무 앞에서 한센인들
곪아 터진 상처 씻겨 주고 어루만져 준다
마음을 기울이고 스스로 즐거워하는 그

학교를 병원을 성당을 세울 때도
스스럼없이 삽질 대패질 망치질 용접,
전기까지 끌어와 짓는다
바람 통하는 건물은 이제
아이들 수학 과학의 터전

내전으로 희생되는 부모 형제
울부짖는 아이들 일으켜 세우기 위해
브라스 밴드 창단, 음악으로 품어 준다

흩어진 손길에 의지하는 로그온,
불어대는 악기들 소음이 화음으로 바뀔 즈음
서서히 살아나는 여린 웃음들이
어엿한 최초 악단, 톤즈 행사의 중심이 된다

의사, 지휘자, 건축가, 교사, 일꾼으로 십 년,

잘파닥거리는 소리 조절하며
온몸으로 밀고 갔던 맨발의 페달
그 평생이 한 마음을 들려준다

그런 그에게도 한계 용량이 있었던 걸까, 암 선고
48세 나이에 더는 버티지 못하고
페달을 멈추고 만다

그가 떠난 지 10년 후에 톤즈의 제자들, 그의 치료법 재
현하는
57명 의사와 의대생 지도층, 칠십여 명 한자리에 모였다
그들이, 우리는 이태석이다 펑펑 운다
브라스 밴드도 재창단되었고
그의 연주가 담양 묘소까지 들렸다

아프리카 남수단 톤즈,
온몸으로 깊고 웅장한 소리 조절하는
그의 페달은 아직도 멈추지 않는다

꽃의 첫 음

차성환(시인, 한양대 겸임교수)

방윤후 시인은 현대사회의 기계문명을 날카로운 시선으로 바라보며 인간성이 말살되어 가는 지금의 시대를 아파한다. 아무도 관심을 가지지 않는, 소외되고 버려진 자들의 고통에 공감하며 인간이 회복해야 할 고귀한 가치를 노래한다. 인간과 자연을 파괴하는 현대 문명을 멈추기 위해서는 개개의 존재들이 품고 있는 자신만의 고유한 소리를 회복해야만 한다. 생래적이고 근원적인 본성이 제 모습으로 발현될 때 우리는 비로소 제자리를 찾을 수 있다. 지상의 생명들은 혼자 살아가는 것이 아니라 다른 이들과 더불어 살아간다. 하나의 존재가 내뿜는 고유한 소리는 또 다른 존재를 일깨워 그 안에 잠들어 있던 내밀한 소리를 이끌어 낸다. 하나둘씩 깨어난 소리들이 죽어 있는 줄 알았던 주변의 존재들을 일으켜 세우고 새로운 삶을 살아가게 한다. 그는 모든 생명들이 함께 숨 쉬고 공존할 수 있는 조화와 화합의 세계를 꿈꾸는 것이다. 방윤후 시인의 첫 시집 『나는 발굴되고 있다』는 현대 문명의 폭력성에 경종을 울리고 그 가혹한 속도에 고통받는 존재들을 위무하며 이들 속에 잠들어 있는 존재의 소리를 일깨운다. 이 세계는 보이지 않는 화음으로 충만하게 가득 차 있다. 그러나 현대 문명이 지배하는 부정한 현실은 존재가 가진 본연의 생명력을 파괴하고 있는 것이다.

자욱하게 깔린 아침
아파트가 불덩이 같다 괜찮아질 거야
누군가의 속삭임이 비말처럼 퍼지고 있다
그러나 손쓸 시간도 없이

사재기한 우울은 전염성이 강하다
확진된 슬픔은 짙어서 앞이 잘 보이지 않는다
감염 안 된 것이 확실해?
마스크처럼 치감은 불신이
스멀스멀 엘리베이터에 차오른다
증상의 경계다

안개는 인적 드문 거리조차 집단 수용한다
의심이 증가할수록 간격을 분간할 수 없다
격리된 신호등, 폐쇄된 봄, 휴업의 요일

다투어 출력되는 소문들

안개는 동이 난 활보에 서린다
사투다 경보다 발열이다 숙주다
뿌옇한 역학이다

안개 속에서는 형체도 변종이어서
시신 담은 자루처럼 차곡차곡 지척에 쌓인다
유일한 항체의 근원은 태양일까
백신 같은 구름이 여기저기 바늘을 꽂는다

박쥐 같은 뱀 같은 원숭이 같은
추측이 한차례 휩쓸리는
공포 속에서 햇살이 출하되고 있다

　　　　　　　　　　　　　—「코로나 안개」 전문

　코로나19 전염병으로 촉발된 팬데믹의 현실은 정체를 알
수 없는 "안개"에 둘러싸여 있다. 원인 불명의 바이러스가
형체도 없이 일상에 침투해 "공포"를 불러일으킨다. 어느덧
이곳은 거대한 "집단 수용"소로 바뀌어 있는 것이다. "의심"
과 "우울"과 "슬픔"과 "불신"이 "안개"처럼 일상 곳곳에 퍼져
나가 우리를 장악한다. "안개"는 사물을 제대로 볼 수 없게
한다. "안개"에 잠식된 사물의 "형체"는 희미하게 윤곽을 잃
고 마치 "시신 담은 자루처럼" 또는 "박쥐 같은 뱀 같은 원
숭이 같은" 모습으로 "지척에" 놓여 있다. 시인은 언뜻 "구

름" 사이의 "햇살"이 "뿌윰한 역학"의 안개로 가득한 지상에
내비치는 모습을 보면서, 병든 지구가 "백신" "바늘을 꽂"
고 있는 그로테스크한 이미지를 떠올린다. 「코로나 안개」는
"격리"와 "폐쇄", 근거 없는 "추측"과 혐오로 점철된 팬데믹
상황이 강렬하게 묘사되어 있다. 이는 비단 "코로나" 정국
에 대한 묘사일 뿐만 아니라 현대사회에 "다투어 출력되는
소문들"과 그 속에서 알 수 없는 불안에 시달리는 우리들의
민낯을 여실히 보여 준다.

화석처럼 유적처럼

몇억 년 후의 눈빛이 샅샅이 훑고 있다
캐릭터들이 화면에서 사실처럼 그려지듯
내 몸은 시뮬레이션 중

얼굴 주름이 점점 사라지고 자라목이 펴지면서
화소로 온전히 박동하고 있다
음악, 집, 자동차, 음식이 매장된
21세기 지층에서 표본으로 떠 내는
누군가의 붓질,
멈칫멈칫 계통의 척추가 드러나고 있다

지구 대멸종 전후 살았던 일생이
조사되고 세밀히 분석되는 중이다

상아 없이 태어나는 코끼리,
긴 속눈썹의 태아들,
조류 곤충들의 돌출은 없었다

처음 수천 년의 변화가 백 년, 백 년이 십 년,
십 년이 불과 몇 달, 그 가속에서
추정되는 대량의 인류

편리는 문명을 채취하여 절멸로 이끌기도 한다
머리카락 혈흔 침만으로 분류되어
1, 2초 후면 다운로드된다
일망타진되는 진화는 얼마나 덧없는가

인공지능이 현생 생물을 대표할 때
완벽하게 복원되는 사람들이
무릎 꿇린 채 인터넷 공간에서
팝업창으로 분류되고 있다

발굴 작업은 지쳐 간다
남은 생 끝까지 캐내기에는 가치가 없는 걸까

생존이 도로 묻히고 있다
나는 반쯤 드러났다 다시 덮인,
퇴화된
방윤후

　　　　　　　　—「나는 발굴되고 있다」 전문

이 시집의 표제작이기도 한 「나는 발굴되고 있다」는 미래에 현대 기계문명이 인간을 지배하는 디스토피아의 세계를 그려 내고 있다. 시인은 "인공지능, 로봇, 빅데이터"가 인간이 생활하는 모든 영역에 침투해 현생인류를 "지구에 가둬 놓고 보호해" 주는 "휴먼 테크놀로지"(「테크놀로지」)의 시대가 도래하고 있다고 진단한다. 대자본에 의해 작동하는 기계문명이 효율성과 편리함을 강조하면서 어느 순간 우리의 내밀한 삶까지도 마음대로 좌우하게 될 지경에 이른 것이다. 이 "휴먼 테크놀로지"는 가까운 미래에 인간의 통제에서 벗어나 고삐가 풀린 채 인간성을 말살하고 인류를 공격할지도 모르는 일이다. "편리는 문명을 채취하여 절멸로 이끌기도 한다". 시인은 대다수가 인공지능과 디지털 유토피아에 홀린 듯 취해 있는 이 시대를 냉철한 눈으로 바라본다. 이는 역사의 다음 페이지에 "지구 대멸종" 이후의 인간이 "인터넷 공간에서" "시뮬레이션"되는 디지털 "화석"으로 남겨질 수 있다는 끔찍한 상상력을 낳기에 이른다. 현재의 문명이 멸망한 후에는, 고고학자들이 "화석"이나 "유적"을 발굴하듯이 지금 살고 있는 공간과 우리의 "일생"이 디지털 "화소"로 복원될 것이라는 섬뜩한 경고음을 보내고 있는 것이다. "인공지능이 현생 생물을 대표할 때" 인간은 노예와 같이 "무릎 꿇린 채 인터넷 공간에서/ 팝업창으로 분류"된다. 그런데 이렇게 "화소"로 "시뮬레이션"되면서 "발굴"되던 '나'는 다시 "도로 묻히고 있다". 시의 말미에, '나'의 "남은 생 끝까지 캐내기에는 가치가 없는 걸까"라고 자문하는 대목에서 우리는 인류의 미래에 어떤 희망의 메시지도 없는 참혹함 그 자체와 마주하게 된다. "인류"는 "진화"하고 있는 것이 아니라 거꾸로 퇴화하고 있는 것일 수도 있다는 가혹한 진실을 말해 주고 있기 때문이다. 인간을 대표하는 '나'의 생生 전부가 부정당하는 듯한 결말은 충격적이고 공포스러울 수밖에 없다.

방윤후 시인은 지금의 인류가 무언가 잘못된 길로 가고 있다고 경고음을 보낸다. 고통스럽고 잔인하지만 우리가 처한 현실을 어떠한 포장도 없이 날것 그대로 드러낸다. 인간은 먼 미래에 가상의 디지털 공간에서만 겨우 복원되어 존재하게 될 것인가. 지금의 "휴먼 테크놀로지"는 "너희는 먹고 마시고 여유를 즐겨, / 지구에 가둬 놓고 보호해 줄게"(「테크놀로지」)라고 말하며 인간에 대한 실질적인 지배력을 과시하고 있다. 현대 기계문명은 브레이크가 파열된 채 무한 질주하는 폭주 기관차처럼 제어할 수 없는 지경이다. 그것은 본래 인간의 편리를 위함이었지만 지금은 오히려 인간이 가진 본연의 생명력과 의지를 빼앗아 가고 있다. 한국 사회는 "재테크"에만 몰두하는 "아파트" "입주자"(「경매된 남향」)와 사회적 안정망 없이 "컨베이어벨트 길" 위에서 헤매다가 스러져버린 "비정규" 청년 노동자(「김용균법」)를 양산하는 부조리한 현실에 처해 있다. 시인은 이러한 현실에 날 선 비판을 가하며 인간다운 삶의 가능성을 노래한다. 인간의 고유한 가치를 회복시키기 위해 용기 있게 나아간다.

삭정이 부러뜨려 군불 때는 저녁이다
부채를 흔들 때마다 저 팽팽한 불의 탄력
발갛게 달아올라 탁탁 소리를 불러내고 있다

시뿌예진 연기 헤치느라 안간힘 쏟으면
생솔 가지 몸피 터지는 강약,
아궁이 속은 북편이다

답세기를 긁어모아 아우르는 채편,
입구가 비좁도록
적당히, 빠르게, 휘몰아 가듯
불길을 밀고 당기고 맺고 푼다

시뻘건 불 위로 떠오르는 불티는
휘모리,
들여다볼수록 도가니에 빠져든다

나뭇가지들이 빗소리 바람 소리
재우고 또 재워서 내는
저 소리

어느덧 한숨 사그라지듯
마무리로 치닫는 잔불들,
숨 고르기로 천천히 젖어 들고 있다

생전 다하지 못한 울음인 듯

고요가 한 줌 재로 눕는다

—「아궁이 장단」 전문

시인은 현기증 나는 문명의 속도와 도시의 소음에서 벗어나 고즈넉한 시골집의 아궁이 앞에 다다른다. 곧 "삭정이 부러뜨려 군불 때는 저녁이다". "삭정이"는 "아궁이" 속으로 들어가 "탁탁 소리를 불러"일으키고 "생솔 가지"는 "몸피"가 터지면서 소리의 "강약"을 만들어 낸다. 그러자 "아궁이" 속에는 마치 음악처럼 "장단"이 생기게 된다. "아궁이" 속에서 "생솔 가지"의 "몸피"가 터질 때는 왼 손바닥으로 장구의 왼쪽 "북편"을 때리는 것처럼 둔탁한 소리가 나고, "답세기"와 같이 잘게 부스러진 짚 따위를 "아궁이" 속에 던져 넣으면 채로 장구의 오른쪽 얇은 가죽 판인 "채편"을 두들기는 것처럼 불꽃과 소리가 "적당히, 빠르게, 휘몰아" 간다. '나'는 "아궁이 장단"에 맞춰서 "시뻘건 불 위로 떠오르는" "휘모리"를 보면서 그 불꽃과 장단의 "도가니"에 빠져들게 된다. "나뭇가지"가 탈 때는 나무가 생전에 맞았던 비와 바람의 소리가 같이 타들어 간다. 이윽고 "휘모리"처럼 몰아치던 불꽃은 "한숨 사그라지듯" 잔잔해지고 마지막에는 "생전 다하지 못한 울음인" "한 줌 재"만 남는다. 「아궁이 장단」은 "아궁이"에 때는 "군불"을 북 "장단"에 비유하면서 생의 마지막 소멸을 들여다보는 듯한, 드라마틱한 장면을 연출한다. "아궁이"는 건강하고 튼실한 생生의 소리가 움트는 곳이다. 존재가 타올랐다가 사그라지는, 삶과 죽음이 교차하는 장소이다. 시인은 이 "아궁이 장단" 속에서 존재의 고유한 소리를 듣는다. 뭇 사물들은 자기 본연의 소리를 가지고 있으며 그 소리들이 서로 어울릴 때 아름다운 화음을 갖게 되는 것이다.

봄날, 그의 묘에 가서 한참을 앉아 있었다
주름은 산 사람만의 것이 아닌가
쩍쩍 갈라진 무덤 틈으로
햇살이 눈물을 타고 드나든다
손을 대면 사르락거릴 것만 같은
그늘 한 장,
피아니시모로 펼쳐진 한낮

이런 봄날이 그를 초대한 적 있었을까
추억 어딘가에서 들리는 듯한 소리
얼크러진 새싹이 가지런히 깔리고
소나무 가지가 지휘봉처럼 흔들리고 있다

푸석한 땅, 소가 천천히 훑고 가는 쟁기질에
오선의 악절 새겨진다
육중한 소의 뒷발길은 포르티시모
음매 음매, 장중한 베이스 산을 넘어 도돌이표
활기찬 에코에 탄력이 붙는다

봄볕이 만든 무대

종달새의 노래를, 나비의 날갯짓을,

워낭의 추임새를, 회전하듯 휘돌며

드넓은 시야를 온몸으로 지휘한다

묘 너머 먼 바다에서는

파도가 느린 스텝으로 각을 세우며 철썩인다

싱그러운 제 소리들과 맞물려

어우러지는 선율과 화음,

당신을 위한 콘서트 장場은

이 쓸쓸함을 관객으로

뜨거운 협연 중이다

—「협주協奏」 전문

　'나'는 누군가의 "무덤"을 찾아간다. "산 사람"인 '나'에게
만 "주름"이 생길 줄 알았는데 죽은 '그'가 누워 있는 메마
른 "무덤"의 흙 또한 "주름" 모양처럼 갈라져 그 "틈으로/
햇살이 눈물을 타고 드나든다". 서로에게 "주름"이 팰 정도
로 오랜 세월이 지났을 것이다. "피아니시모로 펼쳐진 한
낮"처럼 '그'를 추억하는 지금의 시간은 매우 여리고 섬세하
다. 생명이 태동하는 "봄날"의 따스함이 전해진다. 연주가
시작되는지 전주前奏처럼 "얼크러진 새싹이 가지런히 깔리
고/ 소나무"는 지휘자가 된 듯 "가지"를 "지휘봉처럼 흔"든
다. "소"의 "쟁기질"이 지나간 후 밭에 새겨진 오선지에는
"악절"이 "새겨진다". "소"의 "음매 음매" 소리, "종달새의
노래", "나비의 날갯짓", "워낭의 추임새", "먼 바다"의 "파

도"가 오선지 위의 음표가 되는 것이다. "봄날"의 "싱그러운 제 소리들"은 서로 어우러져 아름다운 "선율과 화음"을 만들어 낸다. 이 "선율과 화음"은 죽은 "당신"의 "무덤"을 중심으로 펼쳐진다. 이곳은 외딴 바닷가에 "무덤"이 놓인 "봄날"의 "쓸쓸함을 관객으로" 하는 "콘서트 장場"이다.

시의 제목인 '협주協奏'는 독주 악기와 관현악이 같이 합주함으로써 독주 악기의 기교를 돋보이게 하는 연주를 뜻한다. 그렇다고 독주 악기가 주主이고 관현악은 이를 뒷받침하는 부차적인 연주라는 의미가 아니다. 독주 악기를 띄우면 관현악도 같이 산다. 자신의 악기가 가진 고유한 소리를 내는 것이 우선이다. 그리고 다른 악기의 소리를 해치지 않으면서 동시에 자신의 고유한 소리도 잃지 않는 경지에 이르렀을 때 비로소 이 "협주"가 가능하다. 누구 하나 소외되지 않고, 각각의 소리들이 제가 가진 특색을 잃지 않고 같이 어우러진다는 것은 놀랍고도 아름다운 일이다. 이 시에서 독주 악기는 "무덤"이라는 침묵일 것이다. "무덤"을 죽음이라는 독주 악기로 본다면 그 주변을 둘러싼 살아 있는 자연의 사물들은 생生의 관현악이 된다. 자연의 섭리가 생生과 사死의 무한한 반복으로 채워져 있다면 죽음은 삶의 일부이고 삶 또한 죽음의 일부이다. 진정한 자연의 협주協奏는 죽음과 삶의 순간들이 동시에 울리는 것이리라. 그것은 죽은 자를 위한 위로이고 산 자들이 살아 나갈 수 있게 하는 힘이 된다. 삶과 죽음이 어우러지는 그 "뜨거운 협연"은 시집 『나는 발굴되고 있다』가 향하고 있는 세계이기도 하다. 방윤후 시인의 시詩는 존재의 고유한 소리에 대한 예민한 감수성으로 채워져 있다. 시집에 음악과 관련된 기표들이 많이 등장하는 것은 이러한 이유에서이다. 그는 타자의 소리에 한없이 귀 기울이고 함께 웃음 짓고 울음을 우는 공명共鳴과 공감共感의 시학을 보여 준다.

택배가 왔다
여러 겹 둘러친 끈을 가위로 자르려다 문득,
그녀의 밭을 생각해 본다
저녁 해가 찰박거리던 이랑 속에서
한 올 한 올 안으로 매듭지었을 고구마들
자줏빛으로 속살거린다

산다는 게 뒤슬러 놓은 것만 같아
이사를 하고 주소도 전화번호도 모두 바뀌었을 때
어떻게 알았는지
잘 지어진 인연은 풀어지지 않는다며
물어물어 연락했다던 그녀

나도 언젠가 마음 졸인 적 있었을까
감정이 서로에 갈마들어
미움이나 후회나 질투 따위가
여러 겹 두르고 둘렀던 그때
그녀는 어떻게 미소로 빙긋 풀었을까

관계는 자르는 것만이 아니라 끌러야 한다고
흙 묻은 몇 개를 추려 본다
어쩌면 고구마도 웅숭깊은 끈이었는지 몰라
이 매듭에 우리가 홀맺힐 수 있다니

먼 훗날 서로가 풀씨 되었을 때
궁금한 햇빛에게 성긴 구름에게
어떤 배경이 될 수 있을까

택배 한 상자가 트럭에서 흔들리면서
또 흔들리면서 내게 왔을
이 엮음,

나는 가만히 전홧줄을 당겨 보는 것이다
                    ─「우리라는 덩이」 전문

　　오래전에 "잘 지어진 인연"이었던 모양이다. '나'는 "이사
를 하고 주소도 전화번호도 모두 바뀌었"는데 '그녀'는 "어
떻게 알았는지" "택배"로 "고구마"를 보내왔다. '우리'는 "미
움이나 후회나 질투 따위"로 서로의 "감정"에 골이 파였던
적이 있었지만 '그녀'는 그것을 "미소로 빙긋" 풀어 버리고
'나'에게 따듯한 화해의 마음을 표시한 것이다. "관계"는 단
번에 자르는 것이 아니라 살살 풀어야 하는 걸까. "고구마"
도 처음에는 단순한 줄기에 지나지 않는 "웅숭깊은 끈"이었
다가 서로를 위한 마음과 "인연"으로 "한 올 한 올 안으로 매

듭"지어진 것이다. 여기까지 깨달음을 얻자 '나'는 "고구마" 줄기와 같은 "전화줄을 당겨" '그녀'에게 전화를 걸려고 한다. 보내 준 "고구마"에 대해 감사의 마음을 전하고 서로의 안부를 물으며 웃음꽃이 활짝 필 것이다. 그것은 "그녀의 밭"에서 자란 "고구마"가 "인연"의 "끈"으로 '나'에게 당도하게 된, 가슴 따뜻한 "엮음"에 의해 이루어진다. "고구마"와 같이, 서로를 위한 마음이 알찬 "매듭"으로 "홀맺"힌다. 보이지 않는 마음의 "끈"으로 연결된 '나'와 '그녀'는 곧 "우리라는 덩이"가 된다. '우리'는 '나'와 '너'가 분리되어 있지 않고 함께한다는 뜻이다. 시인은 그 소중한 마음을, 풀 수 없도록 단단히 묶인 그 마음의 "매듭"을 노래하고 있는 것이다. "사랑은 끝이 아니라 연이어 길을 불러들이는 것"(「길의 관성」)이라면 이 "매듭"과 "엮음"은 사랑의 일이라고 하겠다.

　방윤후 시인은 "작곡가"처럼 시詩의 "악보 위에서 음音을 소재로 섬세하게 조율"(「음악이 건축이다」)한다. "자연과 우주에 이르는 파동이/ 꽃의 첫 음이어서/ 매화를 들으면/ 연주를 들으면/ 나는 자꾸만 피고 싶어진다"(「시인의 말」)는 시인의 고백처럼, 존재의 내밀한 근원적 음音을 연주한다. 그음音은 "하나의 꽃이 피면 감염되듯 전체로 번지는 저 웃음"(「웃음의 들녘」)을 불러들인다. 인간과 자연이 더불어 사는 새로운 세상이 열리는 것이다. 그의 시는 "행복과 기쁨을 배달하는 계절"(「정규직 봄」)을 향한다. 사람에 대한 믿음을 잃지 않고 사람에 대한 그리움을 음音에 담아낸다. "거기에 그리움을 짙게 드리우는 일/ 부단한 서정이다"(「처서 간이역」).

시인은 일상의 삶에서 존재가 서로 공명共鳴하는 아름다운 화음을 꿈꾼다. 서로의 마음이 연결되는, 마법과 같은 순간을 꿈꾸는 것이다. 현대 기계문명에 도취된 인류는 자멸의 길로 가고 있는 듯 보이지만 우리에게는 이를 멈출 수 있는 희망이 있다. 그것은 우리의 가슴 깊은 곳에 간직하고 있는 작은 음音들이다. 이 음音은 혼자서는 아무런 힘을 발휘할 수 없다. 오직 다른 존재의 음音과 만났을 때 비로소 아름다운 화음을 만들어 낸다. 존재 깊숙한 곳에서 울려 퍼지는 내면의 소리에 귀 기울이기 바란다. 내 안의 소리를 바로 들여다보고 너의 소리에 가닿을 때 우리는 서로의 존재를 무한 긍정하고 그 아픔을 보듬어 안을 수 있게 될 것이기 때문이다. "공감은 함께 느끼며 깊게 반응하"고 "서로 손을 내밀며 마음을 얹는 일"(「공감」)이다. 그의 시는 이 놀라운 화음의 경지에 있다. 『나는 발굴되고 있다』는 우리 안에 잠들어 있던 내밀한 소리들을 흔들어 깨운다. 그 속에서 "황홀한 기호/ 숨이 멎을 듯 돌연한 스포르찬도"(「sfz」)를 만나게 될 것이다. 이 시집은 "자연과 우주에 이르는 파동"이 될 "꽃의 첫 음"(「시인의 말」)이다. 고요한 가운데 떠오르는 희망의 음音들이 우리를 즐겁게 하리라. 그리고 우리는 한층 더 아름다워질 것이다.